ナンドデモ

海野文音《うみのあやね》 詩集

牧野鈴子《まきのすずこ》 絵

もくじ

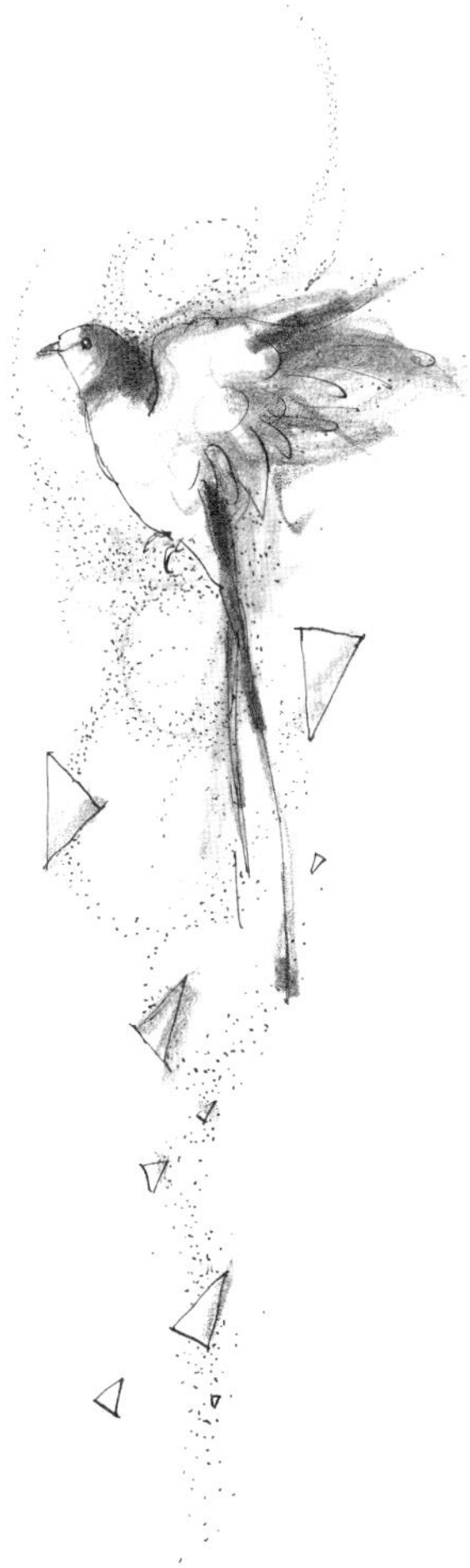

Ⅰ　いつも見てるよ

Ⅱ　存在《そんざい》

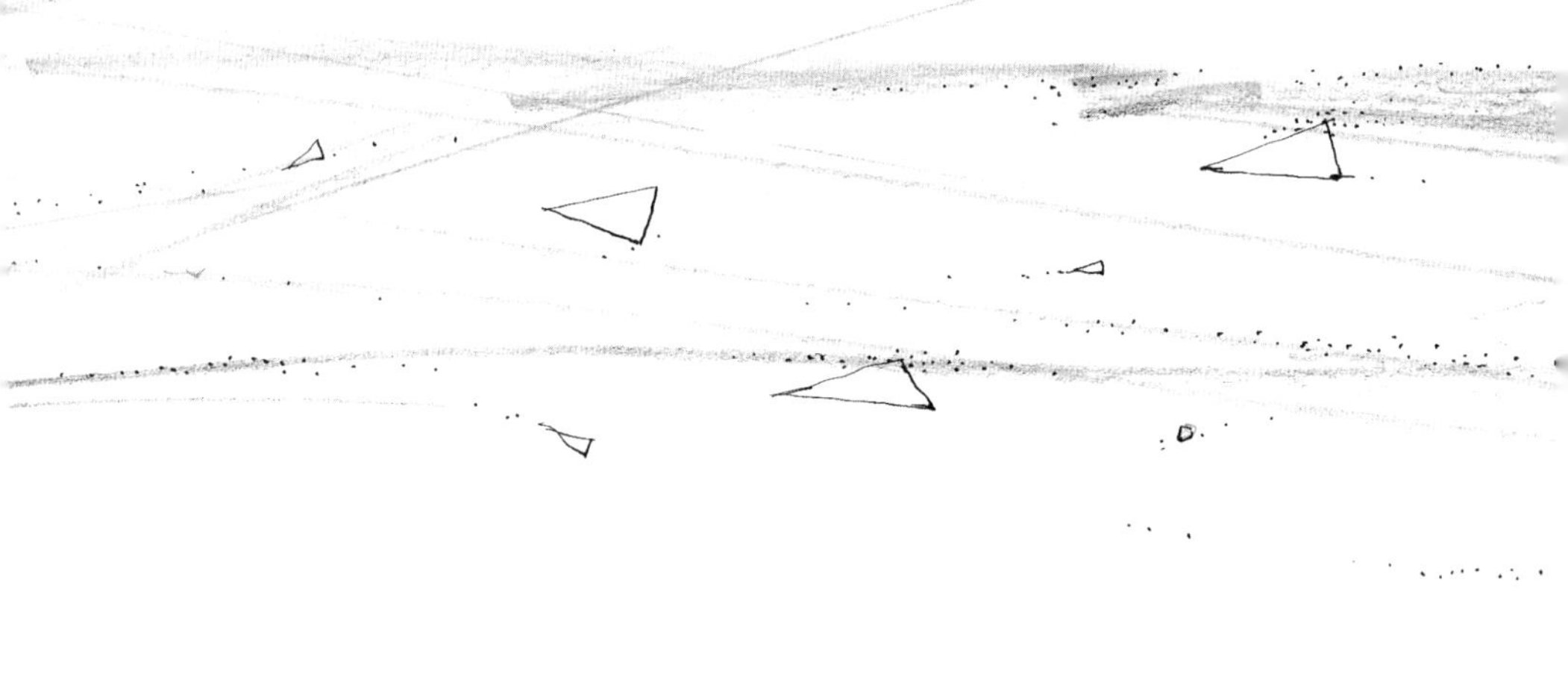

Ⅰ　いつも見てるよ

いつも見てるよ

湖《みずうみ》まわりの散歩道《さんぽみち》
ゆうらり　ゆらり
青い柳《やなぎ》の奥《おく》に
琥珀色《こはくいろ》の大きな宝石《ほうせき》
アオバズクの四つの目
じいっと見ている
こっちを見ている
巣《す》にいるヒナを
見学者《けんがくしゃ》のわたしから　ランナーから

カラスから　蛇《へび》から　守るため
夜はヒナのエサさがし
ねむい　ねむい　昼間
何もしないよ
ひっそり立っていたら
こらえきれずに　まぶたがゆっくり
かわりばんこにおりてくる
片目《かため》ずつでも
琥珀色のお守《まも》り
ヒナをいつも包《つつ》んでる

ナンドデモ

ツバメが横切《よこぎ》る夏の空
モノトーンの小さな超音速機《ちょうおんそくき》が
ナンニモナイ青に　ナナメの線を
ナンボンも　ナンボンも引いていく
青い空が　パリパリ割《わ》れて　落《お》ちてくる
ワタシの手と　地面に
鋭角《えいかく》だけの　ジグソーパズル
どのピースも青一色《あおいっしょく》
地《じ》べたに這《は》いつくばり　つなげようとする

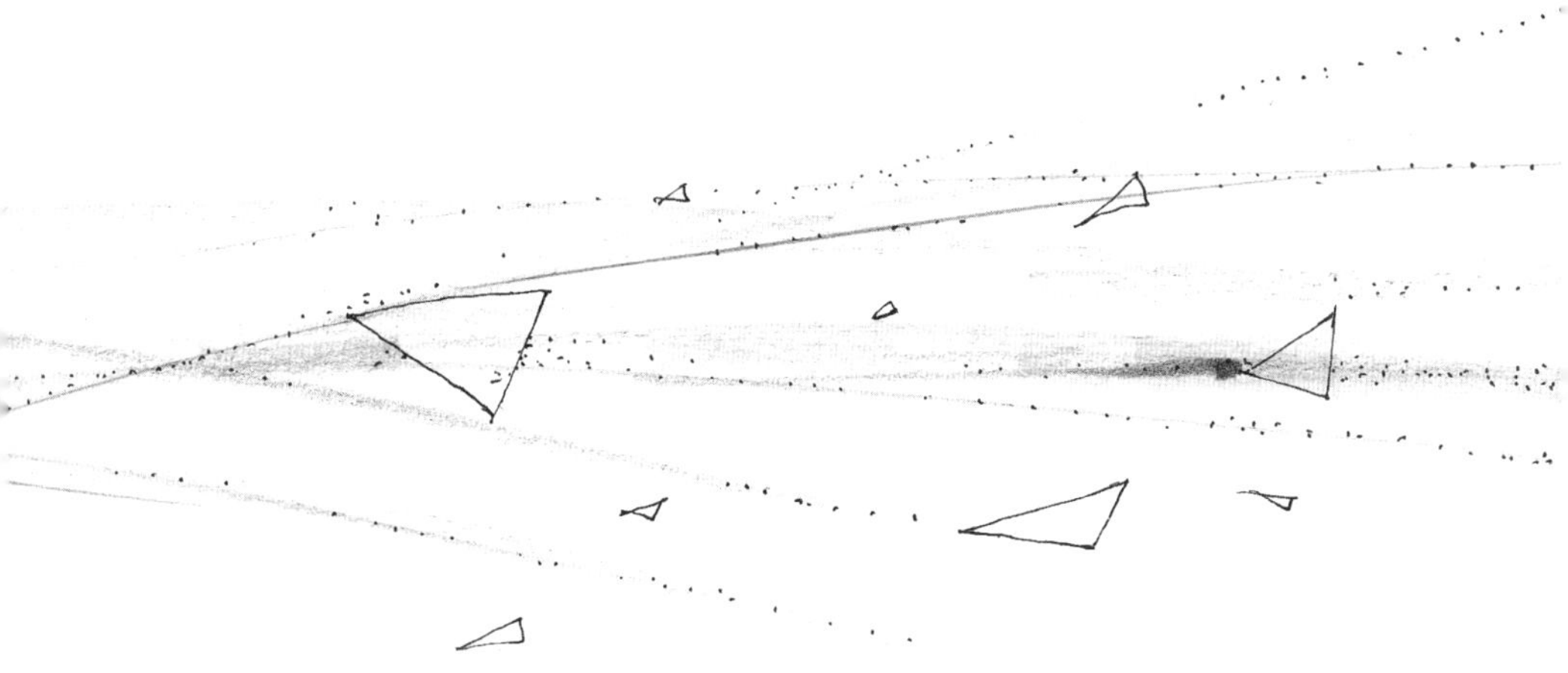

無理《むり》だ
と　見上げたら
ピシッと張《は》った　青い空
もう　生《は》えてきてる
きっと　ナンドデモ　生えてくるんだ

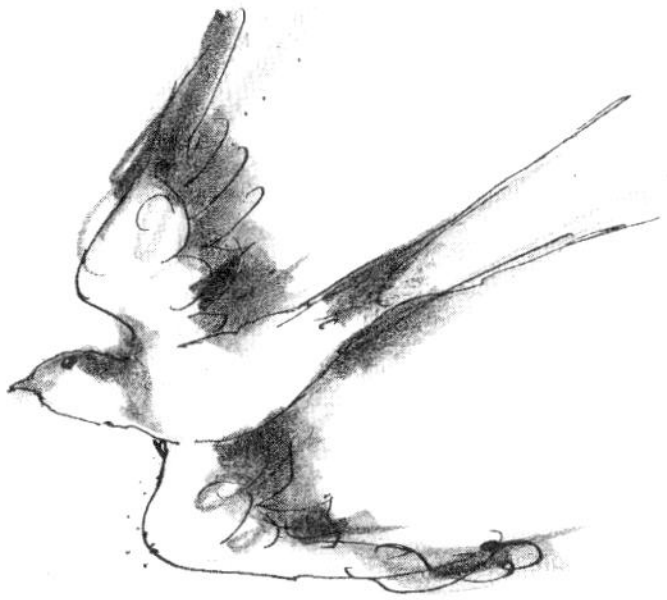

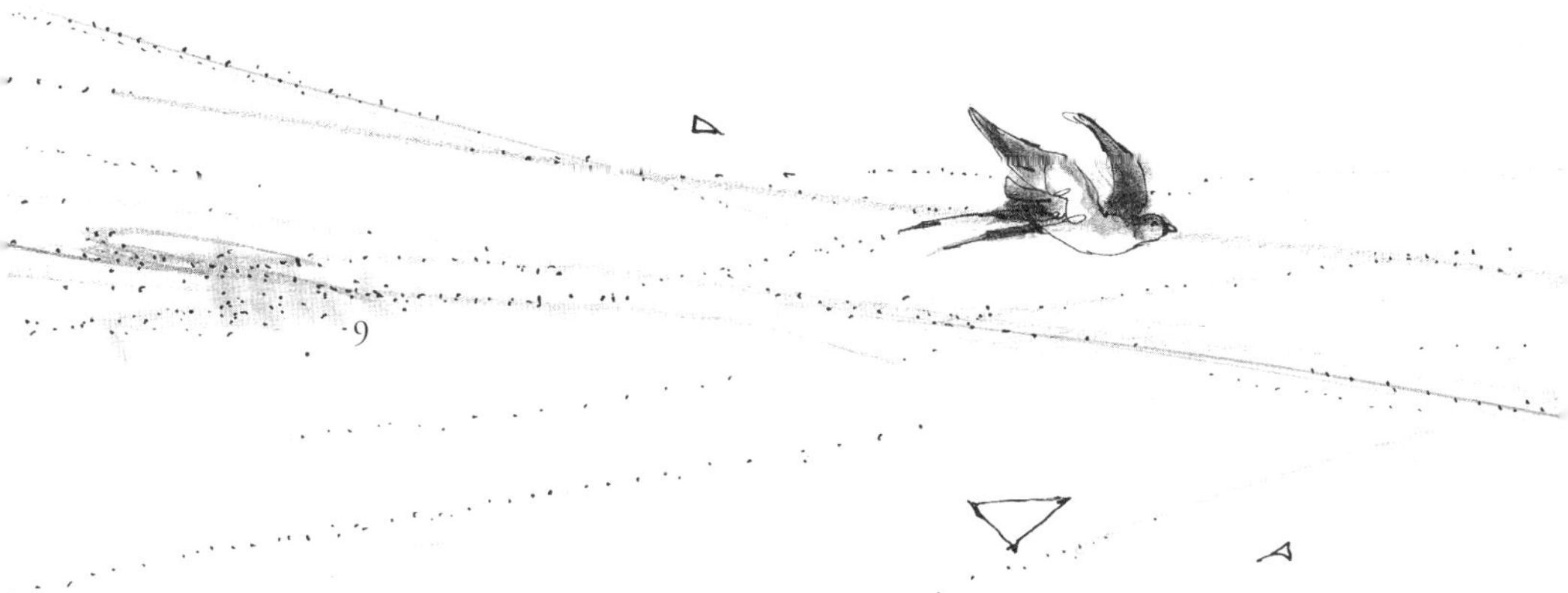

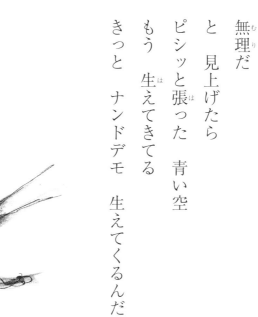

たいせつな場所

モクレンは
ひたすらに　いっしんに
空へ空へと　のびていく
そのひたむきさが　まぶしすぎて
バッサリ　切《き》ってしまった

つぎの朝　なんだか庭が騒《さわ》がしい
茶色い羽根の　地味な小鳥が
モクレンのとなりの木で
ずっと　鳴いている
二日目も　ずっと　ずうっと
のどが枯《か》れてしまうよ

三日目に　よく似《に》た小鳥が
もう一羽《いちわ》やってきた
小鳥たちはモクレンの木で
待ち合わせをしていたんだ
モクレンの枝《えだ》は
たいせつな相手との
たいせつな場所だったんだ

とまどった小鳥たちは
悲しげに見上げている
果《は》てしなく伸《の》びる
幻《まぼろし》のモクレンの枝を

ごめんね……

トライ!

にぎわう公園にある
小さな池
空には
大きなカラスが旋回《せんかい》
青紅葉《あおもみじ》に潜《ひそ》むカワセミ
ピコッ　ピコッ
なんども小さく首を上下《じょうげ》
つぎに
くちばしを空気に刺《さ》し
空を見上げる
人に　鳥に
警戒《けいかい》しながら

水に飛《と》び込《こ》む
何度《なんど》も　何度も　何度も
トライ！

やった
水に刺したくちばしには
銀色《ぎんいろ》の魚がピチピチ
葉の奥《おく》に隠《かく》れながら
グッ　グッ　グッ
飲み込《こ》んで　満足《まんぞく》

肩《かた》に力を入れて
見ていただけの
私《わたし》にあふれる
達成感《たっせいかん》の単純《たんじゅん》
カワセミに　笑《わら》われるかな

一人桜《ひとりざくら》

おばあさんの住む村にあった
一本の桜《さくら》
今年もひとりで咲《さ》き誇《ほこ》る
誰《だれ》に見られることもなく
みんなどこへ行ってしまったのだろう
なぜ帰ってこないのだろう
やってきたヒヨドリにたずねる
魔物《まもの》が悪い空気を吐《は》き出して
それが淀《よど》んで
人は住めなくなったらしいよ

みんな遠くへ行ったんだって
僕《ぼく》たちなんともないのにね

おばあさんと桜の見る夢《ゆめ》は
大勢《おおぜい》での花見
お弁当《べんとう》を広げ　にこにこ話す
子どもたちは駆《か》け回《まわ》る

私《わたし》は動けないし
もうみんなに会えないのだろうか
桜にヒヨドリがいう
　ぼくが毎年きてあげるよ
強い風に身体《からだ》をふるわせ

みごとな桜吹雪《さくらふぶき》
今年も　桜の季節《きせつ》はひとりで終わる
おばあさんは　仮《かり》の住まいで祈《いの》っている
悪い空気で　桜とヒヨドリの
具合がわるくなりませんように

ちょっと残念《ざんねん》なこと

上《のぼ》り坂《ざか》
荷物だけを積《つ》んだ
重い自転車《じてんしゃ》を押《お》して
ずんずん歩いて行くと
上のほうから
にぎやかな　ざわめき

葉を落とした冬の木に
ほわほわ　ふくふく
ちいさな　まあるいものが

ピチュピチュおしゃべり
枝《えだ》いっぱいに
数えきれないほどの
鳥の実！

寒さで突《つ》っ張《ぱ》った顔がゆるまる
胸《むね》の奥《おく》があたたかくなる
そーっと見《み》ていたら……

ズシンッ
荷物が地面に落ちた
とたんに
翼《つばさ》を広げた鳥に戻《もど》って

みんな　いなくなった
あとには
青空に突き刺《さ》さる
冬枯《ふゆが》れの枝

ガラス窓《まど》の向こう

ヒヨドリの悲鳴《ひめい》
猫《ねこ》が　前足《まえあし》で捕《と》らえている
慌《あわ》てて　猫を追《お》い払《はら》う
飛《と》び去るヒヨドリ

北から南へ
暖《あたた》かい住処《すみか》と食べ物を求《もと》め
仲間《なかま》と助け合い　海峡低《かいきょうひく》く飛び
ハヤブサや荒波《あらなみ》に犠牲《ぎせい》をはらい
やってきたヒヨドリかもしれない

また悲鳴
ツミが　自分《じぶん》より大《おお》きなヒヨドリを捕らえた
頭がリズミカルに上下《じょうげ》
一心不乱《いっしんふらん》に嘴《くちばし》を動かしている
灰色《はいいろ》の羽毛《うもう》が　宙《ちゅう》を舞《ま》う
ツミの近《ちか》くに
植木鉢《うえきばち》を投げる

顔を上げた
琥珀色《こはくいろ》の虹彩《こうさい》に茶色の瞳《ひとみ》
大きな目が　ジリッとこちらに挑《いど》んでくる
獲物《えもの》はガッシリ掴《つか》んだまま

なんとか離《はな》させようと
ふたたび　植木鉢を投げる
キィー　かん高《だか》い一声《ひとこえ》
ヒヨドリを掴《つか》んで　飛び去った

残《のこ》ったのは
フワフワと舞《ま》い踊《おど》る　柔《やわ》らかな羽毛
潔《いさぎよ》く力強《ちからづよ》く冷《つめ》たく見透《みす》かす　ツミの目

ツミ…九州・四国・本州に留鳥《りゅうちょう》として繁殖《はんしょく》している。
小型《こがた》のタカ。めったに鳴かない。

Ⅱ

存在《そんざい》

存在《そんざい》

暗闇《くらやみ》の中
ほのかな香《かお》り
小さな白い花が
咲《さ》いている

そんなものに
なりたい

海に降《ふ》る雪

わたしの　すこしの悲しみも
地球上《ちきゅうじょう》の　たくさんの悲しみも
みんな
海に降る雪だったらいいのに
そしたら　すぐになくなる

太古《たいこ》に
命が生まれた海に
とけていくから

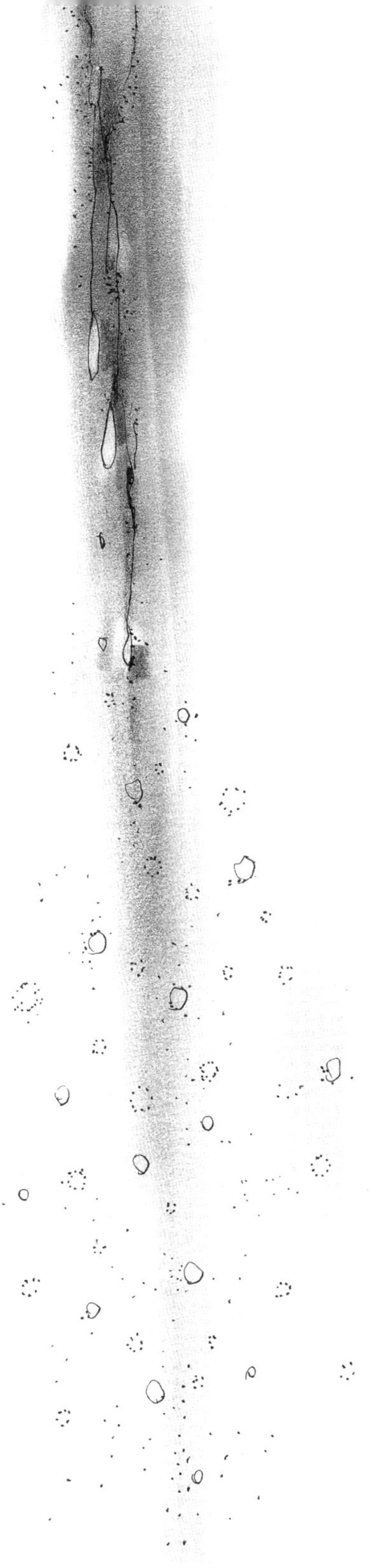

守ってる

あんず色の夕焼け雲《ゆうやぐも》が
やわらかに　輝《かがや》いているのは
うしろに大きな夕陽《ゆうひ》があるから

心が
ほっとして
あったかくなって
今日あった　いやなことも
どうでもいいやって

思えてくる
ぼくのうしろにも
きっと
だれか　いてくれる

ゆめ

夜　天《そら》ではゆめを織《お》っています
星にむけられた　人々の願《ねが》いが
織り糸になり
機織《はたお》りたちの手から　すべりだす
すきとおった布《ぬの》になるのです
町の広場の大時計《おおどけい》から
十二時の鐘《かね》が響《ひび》きます
ゆめの布は
ひっそり　ふんわり

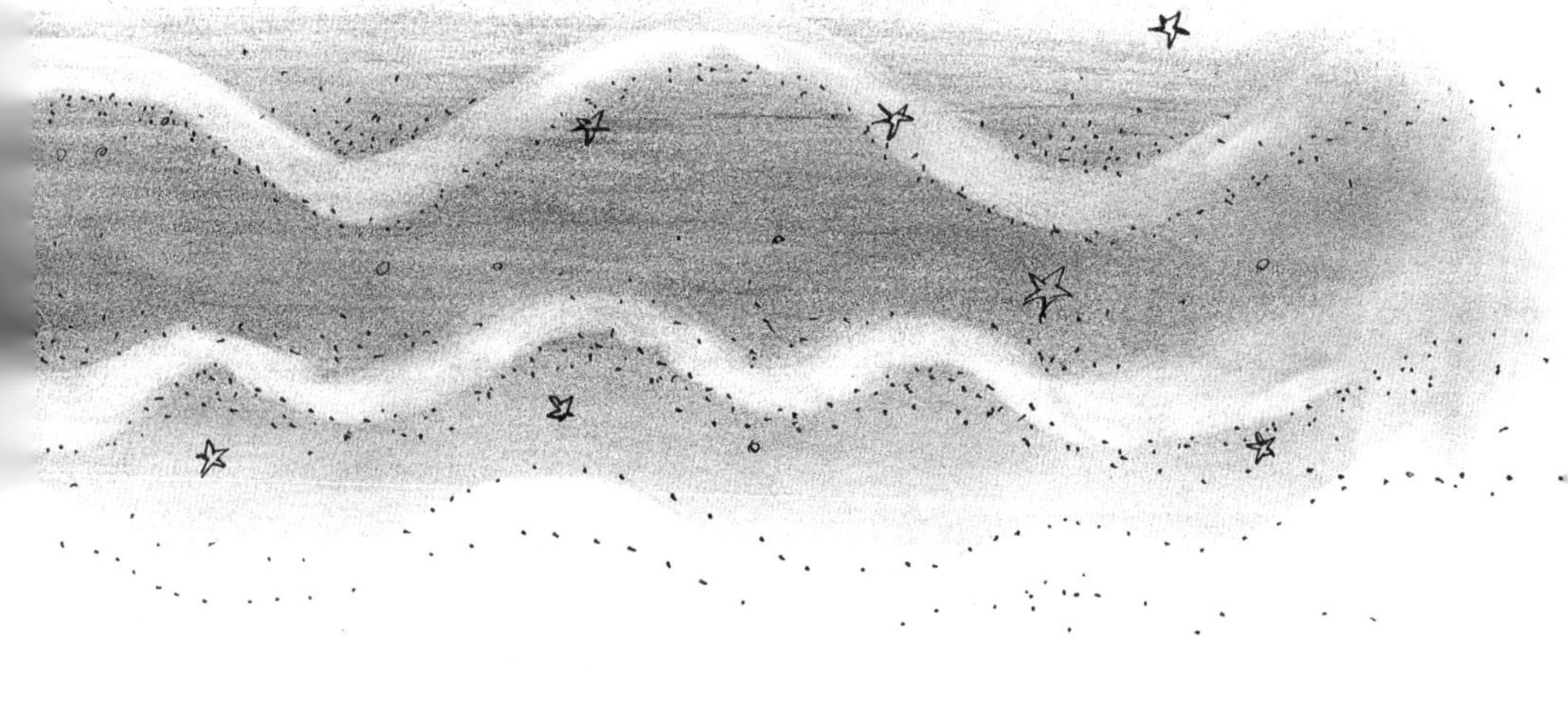

おりてきて
人々のねむりを
つつみはじめます

虹《にじ》

庭の花に水をあげます
じょうろの先に　ちいさな虹

くじらがしおをふきます
海の上に　おおきな虹

雨があがります
空いっぱいに
おおきな　おおきな虹

世界中《せかいじゅう》の虹を
ぜんぶつないで
むすんだ地球
未来《みらい》のみんなに
プレゼント

桜守《さくらも》りの話

消し忘《わす》れたテレビから　女性《じょせい》レポーターの声
「いちばんの桜の名所《めいしょ》ってどこですか？
満開《まんかい》を見るとウキウキします！」

世話《せわ》をしているという桜守りが
しわが深く刻《きざ》まれた　日に焼《や》けた顔で　静《しず》かに答える
「いちばんの名所なんてない。人それぞれに名所がある。
桜は一年貯《た》めたもの出し切って咲《さ》いてる。
桜にとっては咲いて終わり」

いろいろな《はじめ》を象徴《しょうちょう》する花

門出《かどで》や出発を祝《いわ》い
ふうわりと　やさしく咲いているけれど
ほんとうは　最後《さいご》の力をふり絞《しぼ》って
誰《だれ》かのために自分のために　咲いているのだ
だから　あんなに美しくて潔《いさぎよ》くて悲しい
ときに　満開を見て泣《な》きたくなるのは　そのせいか

思いも時も　それぞれ違《ちが》う
ひとりひとりの桜があって
ひとりひとりに桜が咲く
風に舞《ま》う花びらに思いは乗り
思いも花びらもしんしんと降《ふ》り積《つ》もる
いつしかそれは澄《す》んでいく

静《しず》かな海には

なにもない夜の海を照《て》らす月の光
暗《くら》い海に
光の道ができている
こちらへ向《む》かって　道はひろがってくる
わずかな波が　金色《きんいろ》のきらめきになる
月と海が創《つく》り出した絵
心がどんどん平《たい》らになっていく
もう波の音しかきこえない

波の音のなかに
いちばん最初《さいしょ》に
海で生まれた命の声
深い底《そこ》から上がってくる
人々の祈《いの》りの声が
きこえてくる
いつまでも　じっと聴《き》いていたい
もっと　心が平らになるように

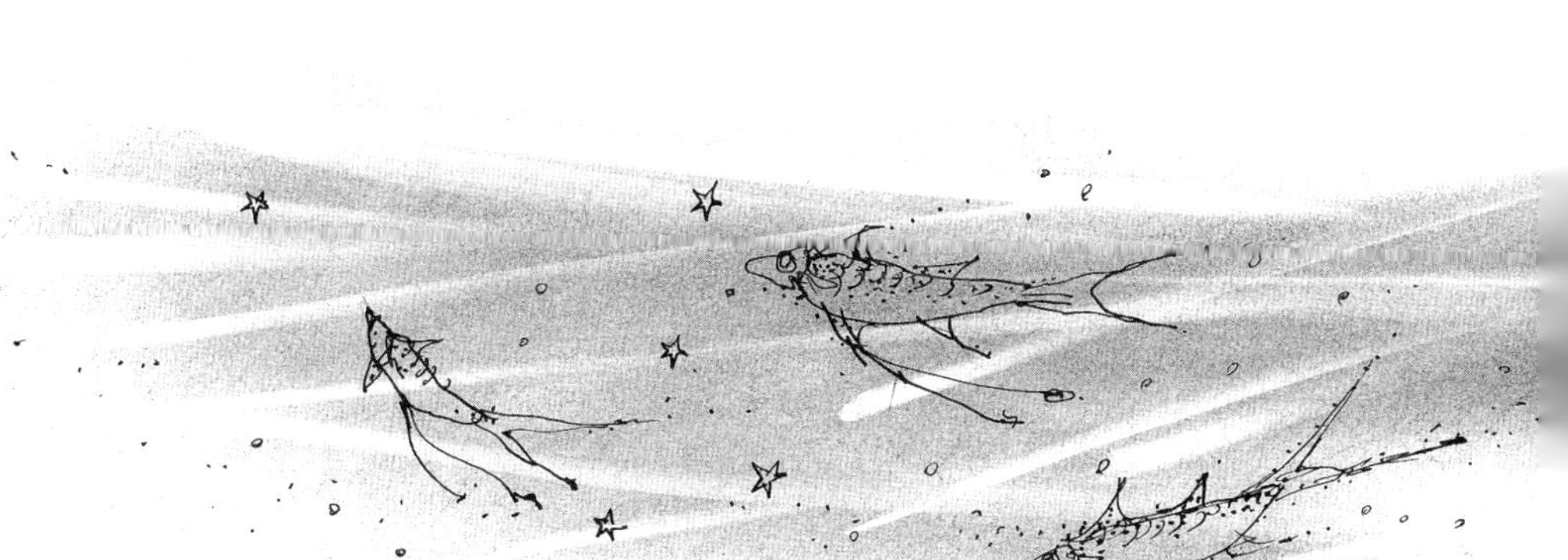

夏のしっぽ

消えかかる打ち上げ花火の輪郭《りんかく》
珍《めずら》しい蝶《ちょう》を捕《つか》まえた虫取り網《あみ》の底《そこ》
浜辺《はまべ》でひいていく波のはじっこ
夕立《ゆうだち》のあと空にかかる虹《にじ》のリボン
みんな夏のしっぽ

ギュッとつかもうとしても
するりと逃《に》げてく

来年も会えるかな
夏っていうでっかい友だちに

落ち葉のモノローグ

壁《かべ》にぶつかっては
建物《たてもの》の隅《すみ》にもどされる
かんべんしてくれ　風のやつ
もっといいぐあいに　吹《ふ》いてくれ

踏《ふ》まれて　粉々《こなごな》にくずれ
ちりになるのも
集められ　ゴミといっしょに
捨《す》てられるのも

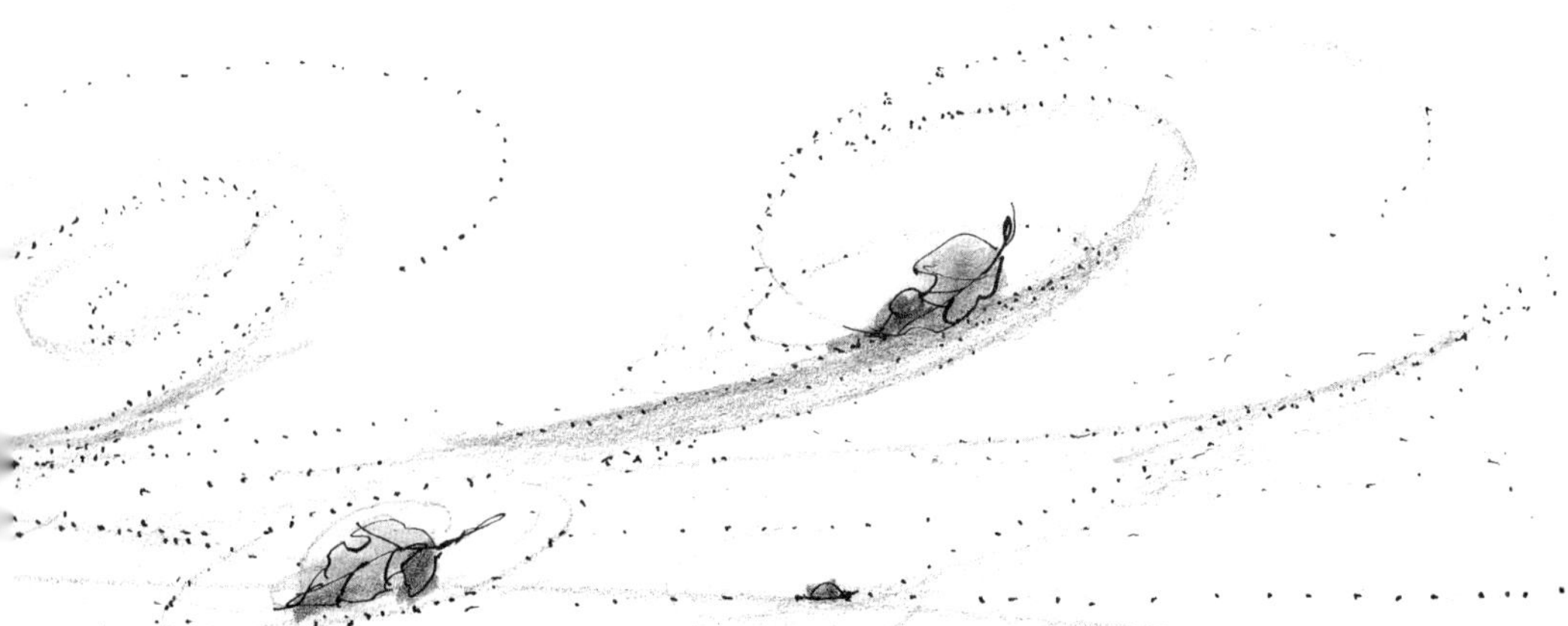

ごめんだぜ

ふんわりしっとり
真《ま》っ黒《くろ》な土の上に
どうしても　なにがなんでも
行きたいんだ
地《じ》べたに積《つ》もって
ぬくぬくの　虫の布団《ふとん》になったり
栄養《えいよう》たっぷりの土に変身《へんしん》
小《ちい》さな野花《のばな》を育《そだ》てたり

チャンス！　いい風！

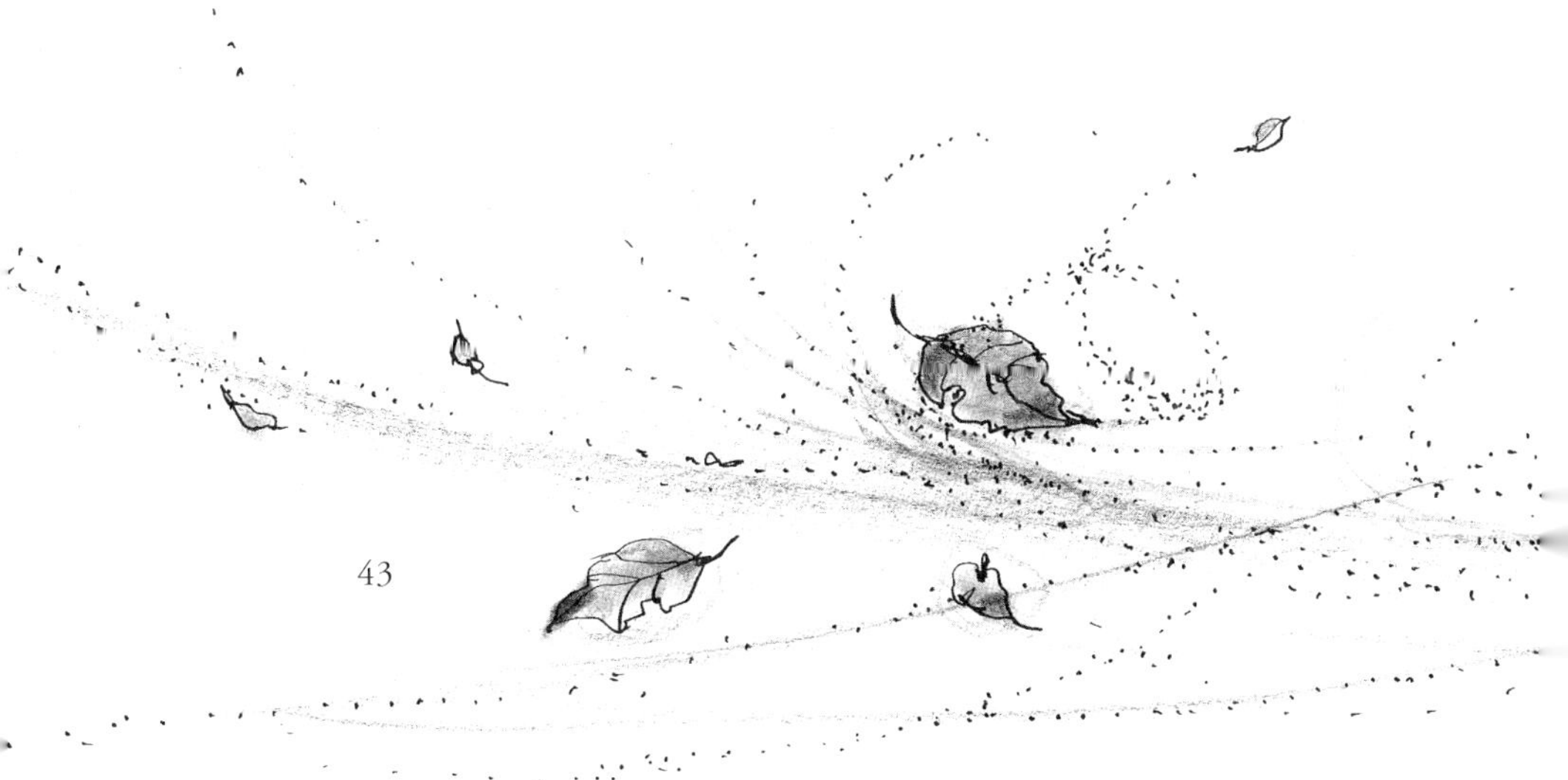

クラウンシャイネス

東南アジアの木　フタバガキ
人のために　ラワン材《ざい》になる
近い将来《しょうらい》　なくなるという

大きな実には　大きな双葉《ふたば》が付《つ》いていていて
くるくる　ゆらゆら　大地を目指《めざ》す
空《そら》から降《お》りてくる　贈《おく》り物《もの》

熱帯雨林《ねったいうりん》を作り　動物たちを守る木

枝《えだ》の葉は
お互《たが》いが重ならないよう
おもいやって育《そだ》つ
見上げると　そこには
緑一色《みどりいっしょく》の　完成《かんせい》したジグソーパズル
すこし違《ちが》うのは　ピースどうしが
ぴったりついていないこと

そのやさしい隙間《すきま》から
太陽の光《ひかり》が差《さ》し込《こ》む
クラウンシャイネスという生態《せいたい》
やさしいおもいは
激《はげ》しいスコールにも流されない

蜘蛛《くも》の糸

目が痛《いた》いくらいに晴れた朝
庭木《にわき》の間《あいだ》で引っかかる
透明《とうめい》で強情《ごうじょう》な糸
朝の蜘蛛は縁起《えんぎ》がいいというけれど
毎日続《つづ》く鬱陶《うっとう》しさは限界《げんかい》
退治《たいじ》してやる！　と意気込《いきご》むと
「朝からやめな　カンダタを助けようとしたのに」
寛容《かんよう》な人が止める

月の無《な》い夜　並《なら》んで散歩《さんぽ》していると
ふわふわと飛《と》んでくる
まったく見えない柔《やわ》らかな糸
寛容《かんよう》だった人が
いやがって　からみつくのを取ろうと　もがく
誰《だれ》だって　正体《しょうたい》が見えない　あいまいなものはいや

まぶしい光の中に張《は》り巡《めぐ》らされた　美しく完璧《かんぺき》な罠《わな》
黒々《くろぐろ》とした闇《やみ》の中を彷徨《さまよ》う　造《つく》りかけの罠

カンダタ……芥川龍之介《あくたがわりゅうのすけ》作「蜘蛛の糸」で地獄《じごく》に落ちた悪人。生前《せいぜん》、いちどだけの善行《ぜんこう》は蜘蛛の命を助けた事。お釈迦様《しゃかさま》は極楽《ごくらく》から蜘蛛の糸をたらして助けてやろうとする。

空

しばらく空を見ていない

小さかったころ
団地で飼《か》えなかった子犬とぼくは
流れる雲になって　どこまでも
早送《はやおく》りみたいに駆《か》けまわった

キンキンに晴れた　夏の青空は
ソーダ味《あじ》のアイスキャンディー
かじりついたら　めまいをおこした

くやしくて噛《か》んだ唇《くちびる》の

血の色が染《し》みついた
もやもやの夕焼《ゆうや》け空《ぞら》は
ぼくの中に入《はい》り込《こ》んだ

そんなふうに
ずっと空を見ていたって
だれも　気にとめやしなかった

でも今は
ながいこと空を見ていたら
変《か》わった人って思われそうで

あんなに好《す》きだった空が
いまはものすごく遠い
小さいぼくは　とても空に近かったのに

苔職人《こけしょくにん》

雲間《くもま》から射《さ》しはじめた遅《おそ》い陽が
伽藍《がらん》の屋根を照《て》らす
眩《まぶ》しさに視線《しせん》を落とすと
雨上《あめあ》がりの苔の庭
なめらかな緑《みどり》の波《なみ》に撒《ま》かれた水滴《すいてき》は
低《ひく》い陽の光を反射《はんしゃ》する小粒《こつぶ》の水晶《すいしょう》
混《こ》みあったお寺の境内《けいだい》では
庭に見とれているひまもない

「腰痛《こしいた》くなんねえのかなぁ」
学生《がくせい》の声《こえ》
「一日中《いちにちじゅう》やってんのかなぁ」
白髪《しらが》に作務衣《さむえ》が似合《にあ》う
細身《ほそみ》の庭師《にわし》が這《は》いつくばり
楊枝《ようじ》の様《よう》な道具で
手入れをしている
目には苔だけが映《うつ》っている
庭を守る仕事は誇《ほこ》らしげ

視線《しせん》を感じて振《ふ》り返る
扉《とびら》の隙間《すきま》から国宝《こくほう》の釈迦如来像《しゃかにょらいぞう》

誰《だれ》からも何処《どこ》からも
認定《にんてい》されない国宝級《こくほうきゅう》の仕事を
過去《かこ》から未来《みらい》まで見守る

庭師の横顔に
菩薩像《ぼさつぞう》が重なる

注　釈迦如来像に控《ひか》える脇侍《わきじ》は左・文殊《もんじゅ》菩薩《ぼさつ》、右・普賢《ふげん》菩薩が多い。

再生《さいせい》

夕暮《ゆうぐ》れの浜辺《はまべ》には
残《のこ》された砂山《すなやま》
誰《だれ》もいなくなると　中から
ひもじい小おにが出てきて
砂浜に落ちている　人々の思いを
残らず集めて食べてしまう
切《せつ》なさ　悲《かな》しみ　妬《ねた》み　寂《さび》しさ
なんて　豪華《ごうか》なメニュー
夜になると　満足《まんぞく》した小おには
寄《よ》せ来る波《なみ》に　連《つ》れ去られ
海の深《ふか》みにおりていき

そこでそのまま動かない

光も届《とど》かぬ海の底《そこ》
小おには眠《ねむ》る　うつうつと
ひたすら眠る　ただ眠る
その上を　うつろな目をした
白い魚が通り過《す》ぎ
一粒《ひとつぶ》　二粒《ふたつぶ》……ポツポツと
砂だけが　積《つ》もっていく

いつしか小おには　夢《ゆめ》をみる
プリズムを通り
あたり一面《いちめん》に散《ち》らばる
虹色《にじいろ》の光だけの夢《ゆめ》を

人々の思いは　小おにの夢にすいこまれ
あたたかに輝《かがや》く〈これから〉になる
小おにの身体《からだ》は　砂になり
その夢だけが　薄《うす》いヴェールに包《つつ》まれた
光の卵《たまご》になる
卵になった　その夢は
暗い海の底から　ゆうらり　ふうわり
のぼってく
波といっしょに　はこばれて
やがて　浜辺にたどりつく
人々の足元《あしもと》で
はじけた

Ⅲ　まぜる

まぜる

絵の具の赤と白
パレットの上で
くるくるくるくる
桃色《ももいろ》の花が紙いっぱいに咲《さ》く
コーヒーとミルク
マグカップの中《なか》で
くるくるくるくる
ほんのり甘《あま》みが口に広がる
今いる私《わたし》たちの思いと

姿《すがた》の見えない人たちの思い
くるくるくるくる
まぜる
そこらじゅうが
やさしさで満《み》たされるといいのに

望《のぞ》み

ただそこに
じっと立っているだけでいいよ
って言ってほしい
ただそこに
静《しず》かに立っているだけで
愛《あい》されるものになりたい
これって
すごくぜいたくな望《のぞ》み？
でも今

僕《ぼく》はそんな気持ちなんだ
ほんとは　ここにいるって
叫《さけ》びたい僕は
ひとりぼっちだと
勘違《かんちが》いしているかもしれない
僕は

夢街《ゆめまち》

ひとりで　知らない街を歩いている
鳥《とり》も猫《ねこ》も犬《いぬ》も人《ひと》も　誰《だれ》もいない
だんだん　小走《こばし》りになる
あっ　誰かいる
一番地《いちばんち》の角《かど》に　黒い人影《ひとかげ》
きれいな花束《はなたば》をたくさん持っている
左手で抱《かか》えられるくらいの
花束をくれる

小走りでどんどんいくと

二番地《にばんち》の角に　また黒い人影
大きな風船《ふうせん》をたくさん持っている
右手でひもがつかめるくらいの
風船をくれる

そのとたん
空へ　飛《と》んで　飛んでいく
花束の花を　空からまいたら
白黒だった　知らない街が
鮮《あざ》やかな　夢街に
鳥も猫も犬も人も　動きだす
夢街に　ふわりと降《お》りた
わたしの気持ちも　動きだす

マトリョーシカ

運動会《うんどうかい》も　クリスマスも
お父さんは出張《しゅっちょう》
でも必《かなら》ず　おみやげ買ってきてくれる
ロシアからは　マトリョーシカ
可愛《かわい》い笑顔《えがお》の　女の子が描《か》いてある

ギューってひっぱったら　パカッと開《ひら》いて
中から　おなじ笑顔の　すこし小さな女の子
どんどん開《あ》けていくと　だんだん小さな女の子

でも　次《つぎ》に開けるとき　ドキドキする
困《こま》った顔　寂《さび》しい顔　泣《な》き顔になってたら
どうしよう……

大丈夫《だいじょうぶ》！　ずーっと笑顔
最後《さいご》は　豆粒《まめつぶ》みたいに小さいけど
とっておきの笑顔

いちばん小さなマトリョーシカ
背広《せびろ》のポケットに入れた

風模様《かぜもよう》

いやなことがあった日
天気が大荒《おおあ》れなら
口をぎゅっとして
風に逆《さか》らって歩く
涙《なみだ》が雨にとけて
風といっしょに飛《と》んでいく
シャツがびらびら
身体《からだ》からはがれてく
重い気持ちも

どんどん後《うし》ろに飛んでいく
すこし　やさしくなった気がする

天気がおだやかなら
そよ風を背《せ》に立ってみる
髪《かみ》が顔をなでて
涙をかくしてくれる
指の間をくすぐって
ふうわりと握手《あくしゅ》しようとする
まあるい背中《せなか》をさすってくれる
わだかまりをつつんで
どこかへ運んでいく
すこし　強くなった気がする

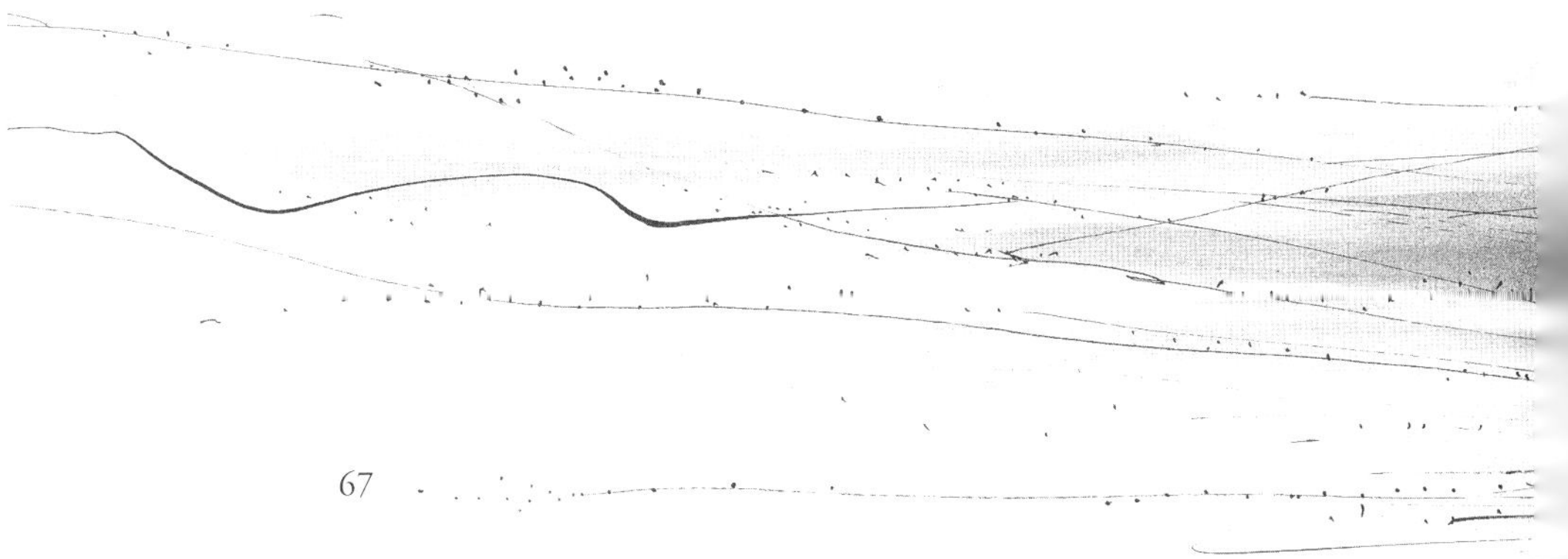

どこへ

意地《いじ》の張《は》り合いで喧嘩《けんか》した
友だちへの
「ごめんね」
白いシャツが似合《にあ》う
片思《かたおも》いの人への
「好《す》きです」
彼方《かなた》へ旅立《たびだ》ってしまった
父への
「ありがとう」
届《とど》けたかったのに

届けられなかった言葉たちは
いったい　どこへ行くのだろう

人を寄《よ》せつけない　深い森に
深海魚《しんかいぎょ》も住めない　海の底《そこ》に
何億光年先《なんおくこうねんさき》にある　宇宙《うちゅう》の穴《あな》に
言葉だけが飛《と》んで行って
積《つ》み重なっているのかな……
届けられなかった言葉たちは
どんな気持ちでいるのかな……

透明《とうめい》な欠片《かけら》たちの奥《おく》は　静《しず》かに光って
すきとおった音が　響《ひび》きあってる

変《か》わり玉《だま》サイダー

まんまるで　つるつるで
なめてると　だんだん色が変わるあめ
駄菓子屋《だがしや》さんで売ってるんだ
赤玉《あかだま》　緑玉《みどりだま》　黄色玉《きいろだま》　オレンジ玉《だま》
ボクは緑玉が好《す》き
緑　白　オレンジ　赤　ピンク　オレンジ　白
色《いろ》が変わっていく
今はまだ　普通《ふつう》のともだちだけど

もっと仲良《なかよ》くなりたい　りょうくん
のんびりみえるのに
野球《やきゅう》がうまくて　漫画《まんが》が上手《じょうず》で　モノマネもできて
カブトムシ採《と》れるし　やさしいんだ
まるで変わり玉みたい
思ってるけど　言ったことない

りょうくんといっしょに
野球の帰りに駄菓子屋さん
おこづかいで変わり玉とサイダー
おしえてあげた変わり玉なめて
色が変わるたびに　すごくビックリしてる

いいやつ！
最後《さいご》に白くなったあめ　口の中に残《のこ》したまま
サイダーを流し込《こ》む
むちゃくちゃ甘《あま》い　でもうまい
ふたりともふきだした
大笑《おおわら》い！

ひとりだけど

海と山が　近い町
坂道の多い町
石畳《いしだたみ》の坂は　石塀《いしべい》に囲《かこ》まれて
海が見えたり　隠《かく》れたり

てっぺんの　お寺を目指し
近道したら　迷《まよ》う　迷う
上《あ》がったり下《さ》がったり
お寺の屋根は

右にいったり　左にいったり
たずねようにも　人に会わない

途中《とちゅう》で会うのは
三毛猫《みけねこ》　縞猫《しまねこ》　雉猫《きじねこ》　黒猫《くろねこ》
のんびり　おっとり
旅人《たびびと》には　知《し》らん顔《かお》
どこどこ　ここはどこ

あれ？
さっき会った三毛猫　むっつり無表情《むひょうじょう》
すこし行くと縞猫　ひと声　ニャー

こんどは雉猫　じいっと見て　ニー
最後《さいご》は黒猫　ゴロゴロゴロゴロ
のどをならして笑《わら》ってる
ヒゲ指《さ》す先にはお寺

着いた！
みんなで　道案内《みちあんない》してくれんたんだね
ありがとう
いつものわたしも　こんなふうに
誰《だれ》かに助けられているのかもしれない

お寺から見えるのは

平《たい》らな海に浮《う》かぶ　たくさんの小さな島
橋で手をつないでる

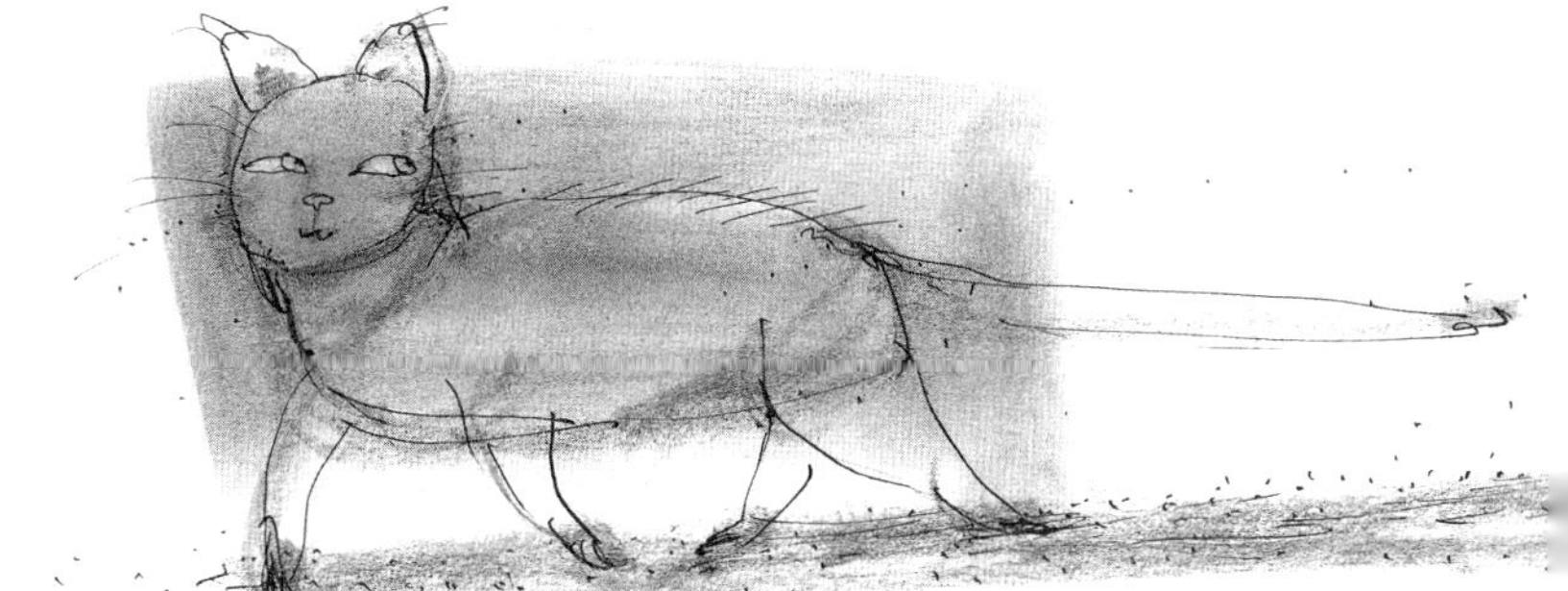

あとがき

年を重ねても大人になりきれず、へこんでは立ち上がろうとする私は、詩を書くことで救われているのかもしれません。僧侶だった祖父は、私が小学生の頃､手相を見て大器晩成だと言ってくれました。そう思い込めば、心は楽になり、生きている限り、こつこつと頑張れます。取り柄もなく、のほほんとした孫への、やさしい励ましだったのでしょう。

祖父母の住むお寺への階段から見た瀬田川。そこから近いので家族で訪れた滋賀、京都の寺社。親戚がいて、よくたずねた茅ケ崎の海。人生の前半を過ごした武蔵野の雑木林。それらも詩作の源になっているのだと思います。

水戸に来て会えた児童文学誌「青い星」同人の皆様、雑誌「日本児童文学」投稿作品賞でお世話になった菊永譲先生、少年詩誌「おりおん」同人の皆様、日本児童文学者協会茨城支部の皆様、たくさんの批評と温かい励まし

に感謝しております。それらなくして詩集の出版には至りませんでした。

子どもに読んだ絵本を通じてファンになった牧野鈴子先生に、絵を描いていただける幸運にも恵まれました。出版にご尽力いただいた、銀の鈴社の皆様には、心より御礼申し上げます。

「ゆめ」「虹」に混声合唱曲を付曲してくださった松澤秀年様、ありがとうございました。

今は観察眼を磨いて、詩作を続けていこうと自らを鼓舞しています。私の詩が、ひっそりとささやかな泉であれば、その一滴だけでも、読んでいただく方の心に沁み込めばいいな、と思っています。

二〇一六年九月

海野　文音

著者紹介

海野文音《うみのあやね》（本名　菊池貴子）

大津市生まれ。日本女子大学文学部卒。
児童文学誌「青い星」同人を経て、少年詩誌「おりおん」同人。
2010年　「ナンドデモ」が第３回「日本児童文学」投稿作品賞〈詩・童謡の部〉佳作入賞。
2013年　「クラウンシャイネス」が第３回みなまた環境絵本大賞佳作入賞。

絵・牧野鈴子

1951年　熊本市に生まれる。
1979年　サンリオ美術賞受賞。
1983年　「森のクリスマスツリー」でボローニャ国際児童図書展エルバ賞推奨。
1984年　「おはいんなさいえりまきに」でサンケイ児童出版文化賞受賞。
絵本や童話、詩集などの挿絵の仕事の他、個展や企画展などにむけて独自の制作を続けている。
その他、主な作品に「ねむりひめ」（ミキハウス）、「クッキーとコースケ」（小峰書店）、「黒ばらさんの魔法の旅だち」（偕成社）、「お花見」、「小鳥のしらせ」、「はこちゃんのおひなさま」「白鳥よ」（ともに銀の鈴社）など。

NDC911
神奈川　銀の鈴社　2016
81頁 21cm（ナンドデモ）

ジュニアポエムシリーズ　260　2016年11月18日発行
本体1,600円＋税

ナンドデモ

著　者　詩・海野文音Ⓒ　絵・牧野鈴子Ⓒ
発行者　柴崎聡・西野真由美
編集発行　㈱銀の鈴社 TEL 0467-61-1930　FAX 0467-61-1931
〒248-0005　神奈川県鎌倉市雪ノ下3-8-33
http://www.ginsuzu.com
E-mail　info@ginsuzu.com

ISBN978－4－87786－278－7　C8092　印刷　電算印刷
落丁・乱丁本はお取り替え致します　製本　渋谷文泉閣

…ジュニアポエムシリーズ…

1 鈴木敏史・詩集 宮下琢郎・絵 星の美しい村 ★☆
2 小池知子・詩集 高志孝子・絵 おにわいっぱいぼくのなまえ ★☆
3 鶴岡千代子・詩集 武田淑子・絵 白い虹 児文芸新人賞
4 楠木しげお・詩集 久保雅勇・絵 カワウソの帽子
5 津坂治男・詩集 垣内美穂・絵 大きくなったら ★◇
6 後藤れい子・詩集 山本まつ子・絵 あくたれぼうずのかぞえうた
7 北村蔦子・詩集 柿本幸造・絵 あかちんらくがき
8 吉田瑞穂・詩集 吉田翠・絵 しおまねきと少年 ⊠★◎
9 新川和江・詩集 葉祥明・絵 野のまつり ★☆
10 阪田寛夫・詩集 織茂恭子・絵 夕方のにおい ◆★☆○
11 高田敏子・詩集 若山憲・絵 枯れ葉と星 ★☆
12 原田直友・詩集 吉田翠・絵 スイッチョの歌 ★◎
13 小林純一・詩集 久保雅勇・絵 茂作じいさん ◉★☆●◎
14 谷川俊太郎・詩集 長新太・絵 地球へのピクニック ★◎
15 与田準一・詩集 深沢省三・深沢紅子・絵 ゆめみることば ★

16 岸田衿子・詩集 中谷千代子・絵 だれもいそがない村
17 江間章子・詩集 榊原直美・絵 水と風 ◇◎
18 原田直友・詩集 小野まり・絵 虹—村の風景— ★
19 福田正夫・詩集 福田達夫・絵 星の輝く海 ★☆
20 草野心平・詩集 長野ヒデ子・絵 げんげと蛙 ★☆○◇
21 宮田滋子・詩集 青木まさる・絵 手紙のおうち ☆○
22 久保田昭三・詩集 斎藤彬子・絵 のはらでさきたい
23 鶴岡千代子・詩集 加倉井和夫・武田淑子・絵 白いクジャク ★●
24 尾上尚子・詩集 まど・みちお・絵 そらいろのビー玉 児文協新人賞 ★☆
25 水上紅・詩集 深沢紅子・絵 私のすばる ☆
26 野呂昶・詩集 福島一二三・絵 おとのかだん ★
27 こやま峰子・詩集 武田淑子・絵 さんかくじょうぎ ☆
28 青戸かいち・詩集 駒宮録郎・絵 ぞうの子だって
29 まきたかし・詩集 福田達夫・絵 いつか君の花咲くとき ★☆♡
30 薩摩忠・詩集 駒宮録郎・絵 まっかな秋 ★☆♡

31 新川和江・詩集 福島一二三・絵 ヤァ!ヤナギの木 ★☆○♡
32 井上靖・詩集 駒宮録郎・絵 シリア沙漠の少年 ★☆♡
33 古村徹三 詩・絵 笑いの神さま
34 江上波夫・詩集 青空風太郎・絵 ミスター人類 ○☆
35 秋原秀夫・詩集 鈴木義治・絵 風の記憶 ★◎
36 水村三千夫・詩集 武田淑子・絵 鳩を飛ばす
37 久冨純江・詩集 渡辺安芸夫・絵 風車 クッキングポエム
38 日野生三・詩集 吉野晃希男・絵 雲のスフィンクス ★
39 佐藤雅子・詩集 佐藤太清・広瀬きよみ・絵 五月の風 ★
40 小黒恵子・詩集 武田淑子・絵 モンキーパズル ★
41 木村信子・詩集 山本典子・絵 でていった
42 中野栄子・詩集 吉田翠・絵 風のうた ☆
43 宮田滋子・詩集 牧村慶子・絵 絵をかく夕日 ★
44 大久保ティ子・詩集 渡辺安芸夫・絵 はたけの詩 ★☆
45 秋原秀夫・詩集 赤星亮衛・絵 ちいさなともだち ♥

☆日本図書館協会選定
★全国学校図書館協議会選定(SLA)
□少年詩賞 ■茨城県すいせん図書
○厚生省中央児童福祉審議会すいせん図書
●日本童謡賞 ♧岡山県選定図書
♡日本子どもの本研究会選定
♥秋田県選定図書
♣愛媛県教育会すいせん図書
◇岩手県選定図書
◆京都府選定図書
⊠芸術選奨文部大臣賞
◉赤い鳥文学賞 ◆赤い靴賞

…ジュニアポエムシリーズ…

46 日友靖子詩集 藤城清治・安西明美・絵 猫曜日だから ◆☆
47 秋葉てる代詩集 武田淑子・絵 ハープムーンの夜に ♡
48 こやま峰子詩集 山本省三・絵 はじめのいーっぽ ★♡
49 黒柳啓子詩集 金子滋・絵 砂かけ狐 ♡
50 三枝ますみ詩集 武田淑子・絵 ピカソの絵 ☆♡●
51 夢虹二詩集 武田淑子・絵 とんぼの中にぼくがいる ♡○♥
52 はたちよしこ詩集 まど・みちお・絵 レモンの車輪 □♧
53 大岡信詩集 葉祥明・絵 朝の頌歌 ★☆♡♥◎
54 吉田瑞穂詩集 吉田翠・絵 オホーツク海の月 ★☆♡
55 さとう恭子詩集 村上保・絵 銀のしぶき ★☆♡
56 星乃ミミナ詩集 葉祥明・絵 星空の旅人 ★☆♡
57 葉祥明詩・絵 ありがとう そよ風 ★♡▲
58 青戸かいち詩集 初山滋・絵 双葉と風
59 小野ルミ詩集 和田誠・絵 ゆきふるるん ★☆●♡
60 なぐもはるき詩・絵 たったひとりの読者 ★♡♧

61 小関秀夫詩集 小倉玲子・絵 風《かざ》栞《しおり》 ★♡♥
62 海沼松世詩集 守下さおり・絵 かげろうのなか ☆♡
63 山本龍生詩集 小倉玲子・絵 春行き一番列車 ♡
64 小泉周二詩集 深沢省三・絵 こもりうた ★☆♡
65 かわてせいぞう詩集 若山憲・絵 野原のなかで ♡★♥
66 えぐちまき詩集 赤星亮衛・絵 ぞうのかばん ♡◆♥
67 池田あきつ詩集 小倉玲子・絵 天気雨 ♡
68 藤井則行詩集 君島美知子・絵 友へ ♡♤
69 藤哲生詩集 武田淑子・絵 秋いっぱい ★♠
70 日友靖子詩集 深沢紅子・絵 花天使を見ましたか ★
71 吉田瑞穂詩集 吉田翠・絵 はるおのかきの木 ★
72 小島禄琅詩集 中村陽子・絵 海を越えた蝶 ☆★♥♡
73 にしおまさこ詩集 杉田幸子・絵 あひるの子 ★
74 山下竹二詩集 徳田徳志芸・絵 レモンの木 ★
75 高崎乃理子詩集 奥山英俊・絵 おかあさんの庭 ★♡

76 檜きみこ詩集 広瀬弦・絵 しっぽいっぽん ★●□☆♡
77 たかはしけいこ詩集 高田三郎・絵 おかあさんのにおい ♡♣□
78 星乃ミミナ詩集 深澤邦朗・絵 花かんむり ♥☆♡
79 佐藤照雄詩集 津波信久・絵 沖縄 風と少年 ☆♡★
80 相馬梅子詩集 やなせたかし・絵 真珠のように ♥★
81 小島禄琅詩集 深沢紅子・絵 地球がすきだ ★
82 鈴木美智子詩集 黒澤梧郎・絵 龍のとぶ村 ◇★♥
83 いがらしれいこ詩集 高田三郎・絵 小さなてのひら ☆
84 宮入黎子詩集 小倉玲子・絵 春のトランペット ☆★
85 下田喜久美詩集 方振寧・絵 ルビーの空気をすいました ☆
86 野呂昶詩集 方振寧・絵 銀の矢ふれふれ ★
87 ちよはらまちこ詩集 ちよはらまちこ・絵 パリパリサラダ ★
88 秋原秀夫詩集 徳田徳志芸・絵 地球のうた ☆★
89 中島あやこ詩集 井上緑・絵 もうひとつの部屋 ★
90 藤川こうのすけ詩集 葉祥明・絵 こころインデックス ☆

✲サトウハチロー賞　✣毎日童謡賞　♠奈良県教育研究会すいせん図書
☼三木露風賞　✧北海道選定図書　☘三越左千夫少年詩賞
♤福井県すいせん図書　◈静岡県すいせん図書
▲神奈川県児童福祉審議会推薦優良図書　◎学校図書館図書整備協会選定図書（SLBA）

…ジュニアポエムシリーズ…

- 91 新井　和詩集・高田三郎・絵　おばあちゃんの手紙 ☆★
- 92 はなわたえこ詩集・えばとかつこ・絵　みずたまりのへんじ ★●
- 93 柏木恵美子詩集・武田淑子・絵　花のなかの先生 ☆
- 94 中原千津子詩集・寺内直美・絵　鳩への手紙 ★
- 95 髙瀬美代子詩集・小倉玲子・絵　仲なおり ★
- 96 杉本深由起詩集・若山　憲・絵　トマトのきぶん ☆★◎ 児文芸新人賞
- 97 宍倉さとし詩集・守下さおり・絵　海は青いとはかぎらない ♧
- 98 石井英行詩集・有賀　忍・絵　おじいちゃんの友だち ■
- 99 なかのひろ詩集・アサト・シェラ・絵　とうさんのラブレター ☆★
- 100 小松静江詩集・藤川秀之・絵　古自転車のバットマン
- 101 石原一輝詩集・加藤真夢・絵　空になりたい ☆✧★
- 102 小泉周二詩集・西　真里子・絵　誕生日の朝 ☆■★
- 103 くすのきしげのり童謡・わたなべあきお・絵　いちにのさんかんび ☆★
- 104 成本和子詩集・小倉玲子・絵　生まれておいで ☆★♡♧✧
- 105 伊藤政弘詩集・小倉玲子・絵　心のかたちをした化石 ★
- 106 川崎洋子詩集・井戸妙子・絵　ハンカチの木 □★☆
- 107 柘植愛子詩集・油野誠一・絵　はずかしがりやのコジュケイ ✧
- 108 新谷智恵子詩集・葉　祥明・絵　風をください ☆●◇♡✣○
- 109 金親尚子詩集・牧　進・絵　あたたかな大地 ☆
- 110 黒柳啓子詩集・吉田　翠・絵　父ちゃんの足音 ☆★♡□
- 111 富田栄子詩集・油野誠一・絵　にんじん笛 ♡☆
- 112 原　国子詩集・高畠　純・絵　ゆうべのうちに ☆
- 113 宇部京子詩集・スズキコージ・絵　よいお天気の日に ○□●☆◇★
- 114 武鹿悦子詩集・牧野鈴子・絵　お花見 ☆□
- 115 山本なおこ詩集・梅田俊作・絵　さりさりと雪の降る日 ☆★
- 116 小林比呂古詩集・おおた慶文・絵　ねこのみち ☆
- 117 後藤れい子詩集・渡辺あきお・絵　どろんこアイスクリーム ☆
- 118 重清良吉詩集・高田三郎・絵　草の上 ☆□◆★
- 119 宮中雲子詩集・西　真里子・絵　どんな音がするでしょか ✼★
- 120 前山敬子詩集・若山　憲・絵　のんびりくらげ ☆★
- 121 川端律子詩集・若山　憲・絵　地球の星の上で ♡
- 122 たかはしけいこ詩集・織茂恭子・絵　とうちゃん ♡★♣
- 123 宮田滋子詩集・深澤邦朗・絵　星の家族 ☆●
- 124 国沢たまき詩集・唐沢　静・絵　新しい空がある
- 125 池田あきつ詩集・小倉玲子・絵　かえるの国 ★
- 126 黒田恵子詩集・倉島千賀子・絵　ボクのすきなおばあちゃん ☆★♡
- 127 垣内磯子詩集・宮崎照代・絵　よなかのしまうまバス ☆♡★
- 128 小泉周二詩集・佐藤平八・絵　太陽へ ☆♡★●
- 129 中島和子詩集・秋里信子・絵　青い地球としゃぼんだま ☆★
- 130 のろさかん詩集・福島一二三・絵　天のたて琴 ☆
- 131 加藤丈夫詩集・葉　祥明・絵　ただ今受信中 ☆★
- 132 北原悠子詩集・深沢紅子・絵　あなたがいるから ♡
- 133 池田もと子詩集・小倉玲子・絵　おんぷになって ♡
- 134 鈴木初江詩集・吉田　翠・絵　はねだしの百合 ★
- 135 垣内磯子詩集・今井　俊・絵　かなしいときには ★

△長野県教育委員会すいせん図書　✡㈶日本動物愛護協会推薦図書
◆茨城県推奨図書

…ジュニアポエムシリーズ…

136 秋葉てる代詩集 やなせたかし・絵 おかしのすきな魔法使い ●★
137 青戸かいち詩集 永田萠・絵 小さなさようなら ❁★
138 柏木恵美子詩集 高田三郎・絵 雨のシロホン ♡★
139 藤井則行詩集 阿見みどり・絵 春だから ♡★◎
140 黒田勲子詩集 山中冬二・絵 いのちのみちを
141 南郷芳明詩集 的場豊子・絵 花時計
142 やなせたかし 詩・絵 生きているってふしぎだな
143 内田麟太郎詩集 斎藤隆夫・絵 うみがわらっている
144 しまざきふみ詩集 島崎奈緒・絵 こねこのゆめ ♡
145 糸永えつこ詩集 武井武雄・絵 ふしぎの部屋から ♡
146 石坂きみこ詩集 鈴木英二・絵 風の中へ ♡
147 坂本のこ詩集 坂本こう・絵 ぼくの居場所 ♡
148 島村木綿子 詩・絵 森のたまご ❁
149 楠木しげお詩集 わたせせいぞう・絵 まみちゃんのネコ ★
150 牛尾良子詩集 上矢津・絵 おかあさんの気持ち ♡

151 三越左千夫詩集 阿見みどり・絵 せかいでいちばん大きなかがみ ★
152 水村三千夫詩集 高見八重子・絵 月と子ねずみ
153 川越文子詩集 横松桃子・絵 ぼくの一歩ふしぎだね ★
154 すずきゆかり詩集 葉祥明・絵 まっすぐ空へ
155 西田純詩集 葉祥明・絵 木の声水の声
156 清野倭文子詩集 水科舞・絵 ちいさな秘《ひ》密《みつ》
157 川奈静詩集 直江みちる・絵 浜ひるがおはパラボラアンテナ ★◎
158 若木良水詩集 西真里子・絵 光と風の中で
159 牧陽子詩集 渡辺あきお・絵 ねこの詩 ★◎
160 宮田滋子詩集 阿見みどり・絵 愛一輪 ★◎
161 井上灯美子詩集 唐沢静・絵 ことばのくさり ☆●
162 滝波万理子詩集 滝波裕子・絵 みんな王《おう》様《さま》 ★●
163 冨岡みち詩集 関口コオ・絵 かぞえられへんせんぞさん ★
164 垣内磯子詩集 辻恵子・切り絵 緑色のライオン ★◎
165 すぎもとれいこ詩集 平井辰夫・絵 ちょっといいことあったとき ★

166 岡田喜代子詩集 おぐらひろかず・絵 千年の音 ★☆◎
167 川奈静詩集 直江みちる・絵 ひもの屋さんの空 ★◎☆♥♡
168 鶴岡千代子詩集 武田淑子・絵 白い花火 ★☆
169 井上灯美子詩集 唐沢静・絵 ちいさい空をノックノック ★◎☆
170 尾崎杏子詩集 ひなた山すじゅう郎・絵 海辺のほいくえん ☆♡★◎
171 柘植愛子詩集 やなせたかし・絵 たんぽぽ線路 ☆♡★◎●
172 小林比呂古詩集 うめざわのりお・絵 横須賀スケッチ ☆★◎♡▲
173 林佐知子詩集 串田敦子・絵 きょうという日 ☆★◎♡▲
174 後藤基宗子詩集 岡澤由紀子・絵 風とあくしゅ ☆♥★◎♡
175 土屋律子詩集 高瀬のぶえ・絵 るすばんカレー ☆♡★◎▲
176 三輪アイ子詩集 深沢邦朗・絵 かたぐるましてよ ★☆♡
177 田辺瑞美子詩集 西真里子・絵 地球賛歌 ☆★◎
178 高瀬美代子詩集 小倉玲子・絵 オカリナを吹く少女 ☆♡
179 中野惠子詩集 串田敦子・絵 コロポックルでておいで ★♡☆●
180 松井節子詩集 阿見みどり・絵 風が遊びにきている ★☆♡▲

…ジュニアポエムシリーズ…

181 新谷智恵子詩集・徳田徳志芸・絵　とびたいペンギン　佐世保文学賞 ♡★◎▲

182 牛尾良子詩集・牛尾征治・写真　庭のおしゃべり　♡★◎

183 三枝ますみ詩集・髙見八重子・絵　サバンナの子守歌　☆★

184 佐藤雅子詩集・佐藤太清・絵・菊池治子・絵　空の牧《まき》場《ば》　☆★♡■◎◈

185 山内弘子詩集・おぐらひろかず・絵　思い出のポケット　♡★●

186 山内弘子詩集・阿見みどり・絵　花の旅人　♡★▲

187 原国子詩集・牧野鈴子・絵　小鳥のしらせ　♡★△◎

188 人見敬子詩・絵　方《はこ》舟《ぶね》地球号 —いのちは元気—　♡★◎

189 林佐知子詩集・串田敦子・絵　天にまっすぐ　★☆♡◎

190 小臣富子詩集・渡辺あきお・絵　わんさかわんさかどうぶつさん　✡♡★◎

191 川越文子詩集・かまだちえみ・写真　もうすぐだからね　♡★◎

192 永田喜久男詩集・武田淑子・絵　はんぶんごっこ　☆★◎♡

193 吉田房子詩集・大和田明代・絵　大地はすごい　★◎♡

194 石井春香詩集・髙見八重子・絵　人魚の祈り　★♡

195 石原一輝詩集・小倉玲子・絵　雲のひるね　♡

196 たかはしけいこ詩集・髙橋敏彦・絵　そのあと　ひとは　★

197 宮田滋子詩集・おおた慶文・絵　風がふく日のお星さま　★♡◎

198 渡辺恵美子詩集・つるみゆき・絵　空をひとりじめ　★♡●

199 宮中雲子詩集・西真里子・絵　手と手のうた　★

200 杉本深由起詩集・太田大八・絵　漢字のかんじ　★♡✤

201 井上灯美子詩集・唐沢静・絵　心の窓が目だったら　★♡

202 峰松晶子詩集・おおた慶文・絵　きばなコスモスの道　★♡

203 高橋文子詩集・山中桃子・絵　八丈太鼓　★♡

204 長野貴子詩集・武田淑子・絵　星座の散歩　★♡

205 江口正子詩集・髙見八重子・絵　水の勇気　♡☆★

206 藤本美智子詩・絵　緑のふんすい　☆♡★

207 林佐知子詩集・串田敦子・絵　春はどどど　♡★◎

208 小関秀夫詩集・阿見みどり・絵　風のほとり　☆♡★

209 宗美津子詩集・宗信寛・絵　きたのもりのシマフクロウ　♡★

210 かわてせいぞう詩集・髙橋敏彦・絵　流れのある風景　☆♡★

211 土屋律子詩集・高瀬のぶえ・絵　ただいまぁ　★♡☆◎

212 永田喜久男詩集・武田淑子・絵　かえっておいで　☆♡★

213 みたみちこ詩集・牧進・絵　いのちの色　♡★

214 糸永えつこ詩集・糸永わかこ・絵　母です　息子です　おかまいなく　♡☆★

215 宮田滋子詩集・武田淑子・絵　さくらが走る　♡☆★●

216 柏木恵美子詩集・吉野晃希男・絵　ひとりぽっちの子クジラ　♡★◎

217 江口正子詩集・髙見八重子・絵　小さな勇気　♡☆★

218 井上灯美子詩集・唐沢静・絵　いろのエンゼル　★♡

219 中島あやこ詩集・日向山寿十郎・絵　駅伝競走　★☆♡

220 高橋孝治詩集・髙見八重子・絵　空の道　心の道　★♡

221 江口正子詩集・日向山寿十郎・絵　勇気の子　♡☆★

222 宮田滋子詩集・牧野鈴子・絵　白鳥よ　☆★

223 井上良子詩集・銅版画　太陽の指環　★

224 川越文子詩集・山中桃子・絵　魔法のことば　♡☆★

225 西本みさこ詩集・上司かのん・絵　いつもいっしょ　☆♡

ジュニアポエムシリーズは、子どもにもわかる言葉で真実の世界をうたう個人詩集のシリーズです。

本シリーズからは、毎回多くの作品が教科書等の掲載詩に選ばれており、1974年以来、全国の小・中学校の図書館や公共図書館等で、長く、広く、読み継がれています。

心を育むポエムの世界。

一人でも多くの子どもや大人に豊かなポエムの世界が届くよう、ジュニアポエムシリーズはこれからも小さな灯をともし続けて参ります。

226 おばらいちこ詩集 高見八重子・絵 ぞうのジャンボ ☆★♡
227 吉田房子詩集 本田あまね・絵 まわしてみたい石臼 ★♡
228 吉田房子詩集 阿見みどり・絵 花 詩 集 ★♡◎
229 田中たみ子詩集 唐沢静・絵 へこたれんよ ★◡
230 林佐知子詩集 串田敦子・絵 この空につながる ★♡
231 藤本美智子 詩・絵 心のふうせん ★♡
232 火星雅範詩集 西川律子・絵 ささぶねうかべたよ ★♡▲
233 吉田房子詩集 岸田歌子・絵 ゆりかごのうた ★♡
234 むらかみみちこ詩集 むらかみみちこ むらかみあくる・絵 風のゆうびんやさん ★♡
235 白谷玲花詩集 阿見みどり・絵 柳川白秋めぐりの詩 ★♡
236 ほさかとしこ詩集 内山つとむ・絵 神さまと小鳥 ★☆♡
237 内田麟太郎詩集 長野ヒデ子・絵 まぜごはん ♡☆★◎
238 小林比呂古詩集 出口雄大・絵 きりりと一直線 ♡★
239 牛尾良子詩集 おぐらひろかず・絵 うしの土鈴とうさぎの土鈴 ★◡♡
240 山本純子詩集 ルイコ・絵 ふ ふ ふ ◎★♡☆

241 神田亮 詩・絵 天使の翼 ★☆♡
242 かんざわみえ詩集 阿見みどり・絵 子供の心大人の心さ迷いながら ▲☆★◎
243 永田喜久男詩集 内山つとむ・絵 つながっていく ★☆♡
244 浜野木碧 詩・絵 海原散歩 ♡☆★◎
245 やまうち・しゅうへい詩集 山本省三・絵 風のおくりもの ♡☆★◎
246 すぎもとれいこ 詩・絵 てんきになあれ ★
247 冨岡みち詩集 加藤真夢・絵 地球は家族 ひとつだよ ♡☆
248 北野千賀詩集 滝波裕子・絵 花束のように ♡☆★
249 石原一輝詩集 加藤真夢・絵 ぼくらのうた ♡★
250 土屋律子詩集 高瀬のぶえ・絵 まほうのくつ ♡☆
251 津坂治男詩集 井上良子・絵 白い太陽 ☆♡
252 石井英行詩集 よしだちなつ・表紙絵 野原くん ☆★♡
253 井上灯美子詩集 唐沢静・絵 たからもの ☆♡
254 大竹典子詩集 加藤真夢・絵 おたんじょう ☆
255 たかはしけいこ詩集 織茂恭子・絵 流れ星

256 谷川俊太郎詩集 下田昌克・絵 そ し て
257 なんば・みちこ詩集 布下満・絵 トックントックン 大空で大地で
258 宮本美智子詩集 阿見みどり・絵 夢の中に そっと
259 成本和子詩集 阿見みどり・絵 天使の梯子
260 海野文音詩集 牧野鈴子・絵 ナンドデモ
261 熊谷本郷詩集 永田萠・絵 かあさん かあさん
262 大楠翠詩集 吉野晃希男・絵 おにいちゃんの紙飛行機
263 久保恵子詩集 たかせちなつ・絵 わたしの心は風に舞う
264 みずかみさやか詩集 葉祥明・絵 五月の空のように

＊刊行の順番はシリーズ番号と異なる場合があります。

銀の小箱シリーズ

- 葉 祥明 詩・絵　小さな庭
- 若山 憲 詩・絵　白い煙突
- こばやしひろこ・詩 うめざわのりお・絵　みんななかよし
- 江口 正子・詩 油野 誠一・絵　みてみたい
- やなせたかし 詩・絵　あこがれよなかよくしよう
- 冨岡 みち・詩 関口 コオ・絵　ないしょやで
- 小林比呂古・詩 神谷 健雄・絵　花かたみ
- 小泉 周二・詩 辻 友紀子・絵　誕生日・おめでとう
- 柏原 耿子・詩 阿見みどり・絵　アハハ・ウフフ・オホホ★♡▲
- こばやしひろこ・詩 うめざわのりお・絵　ジャムパンみたいなお月さま★

すずのねえほん

- たかはしけいこ・詩 中釜浩一郎・絵　わたし★◎
- 尾上 尚子・詩 小倉 玲子・絵　ぽわぽわん
- 糸永えつこ・詩 高見八重子・絵　はるなつあきふゆもうひとつ★ 児文芸新人賞
- 山口 敦子・詩 高橋 宏幸・絵　ばあばとあそぼう
- あらい・まさはる・童謡 しのはらはれみ・絵　けさいちばんのおはようさん
- 佐藤 雅子・詩 佐藤 太清・絵　こもりうたのように● 美しい日本の12ヵ月 日本童謡賞
- 柏木 隆雄・詩 やなせたかし他・絵　かんさつ日記★♡

アンソロジー

- 渡辺 浦人・編 村上 保・絵　赤い鳥 青い鳥●
- わたげの会・編 渡辺あきお・絵　花ひらく★
- 木曜会・編 西 真里子・絵　いまも星はでている★
- 木曜会・編 西 真里子・絵　いったりきたり♡
- 木曜会・編 西 真里子・絵　宇宙からのメッセージ
- 木曜会・編 西 真里子・絵　地球のキャッチボール★◎
- 木曜会・編 西 真里子・絵　おにぎりとんがった☆★◎
- 木曜会・編 西 真里子・絵　みぃーつけた♡★◎
- 木曜会・編 西 真里子・絵　ドキドキがとまらない
- 木曜会・編 西 真里子・絵　神さまのお通り★
- 木曜会・編 西 真里子・絵　公園の日だまりで★♡
- 木曜会・編 西 真里子・絵　ねこがのびをする